# 路地裏の吸血鬼

赤川次郎



集英社文庫

イラストレーション／ホラグチカヨ
目次デザイン／川谷デザイン

# 路地裏の吸血鬼

CONTENTS

# 路地裏の吸血鬼

# 路地裏の吸血鬼

# 行き止まり

「何だ……。袋小路か」

と、その若い男は呟いた。

暗い道を辿《たど》ってきたので、先がどうなっているか分からなかったのだ。

街灯の明かりも届かない、その路地の奥は行き止まりになっていた。今どき珍しい板塀だ。

「俺と同じだな……」

と、唇を歪めて笑った。

声は出なかった。大声で笑うほどのエネルギーが残っていないのである。

何しろ二十八歳の若さなのに、昨日の朝から、ほぼ丸二日、食べていない。

名は峰岸秀一《みねぎししゅういち》といった。——「秀一」という名には、親の期待がこめられている。

「一番優秀に」。——峰岸も、その期待に応えるべく、よく頑張った。

一流とは言えなくても、一応名の知られた大学でいい成績を取り、スポーツでも活躍した。そして就職は……。

「どこかあるだろう」

と、甘く考えていた。

しかし——百を超える企業に応募してみても、受けさせてさえもらえない。そのうち、卒業してしまった。

仕方なく、わずか十五人ほどの会社に入ったものの、

「即戦力にならない」

と言われてクビ。

何の仕事かもよく分からずに「即戦力」もないだろう。峰岸は、せっせと仕事を探して歩いた。

父親は一年前に倒れて働けず、母親はその介護で手一杯。親からの援助は全く期待できなかった……。

「どうなってるんだ？」

大学でちゃんと勉強し、卒業したのに、仕事がない！

アパートの家賃も二カ月ためていて、追い出されそうだ。そして——ついに貯金もゼロ。

昨日、今日と歩き回ったのに、仕事は見つからず、空腹と疲労で、目が回りそうだった。

こんなはずじゃなかったのに……。

大学生活を大いに楽しんで、恋もして、卒業したら大手企業に入って……。

「恋か……」

と、苦々しく呟く。

「そんなもの、どこに転がってるんだ？」

ああ、畜生！　こんな世の中、間違ってる！　こうなったら、盗みでも何でもしてやる！

峰岸は、行き止まりの板塀を拳で思い切り叩いた。

すると――ただの塀だと思っていた所に、ポッカリと入り口ができたのである。

「え？　――どうしたんだ？」

分からないうちに中へ入ると……。目の前に立派なドアがあった。

立っていると、ドアが自然に開く。

おそるおそる入っていくと……。

まぶしいほどの明るさの下、豪華な居間があった。そしてテーブルの上には、大皿にステーキが。肉の焼ける匂いが峰岸をたちまち捕らえた。

ナイフとフォークもセッティングされ、他に人はいない。これは俺のものだ！

飛びつくようにして、峰岸はそのステーキを食べた。

アッという間に皿は空になっていた。

「――ご満足？」

と、声がして、びっくりして振り向く。

真紅《しんく》の服の女が立っていた。

「あの……すみません。お腹が空いていて、つい……」

と、言いわけしようとすると、

「いいのよ。それはあなたの食事」

「――僕の？」

「そうよ。もっと食べる？」

見ると、皿の上にまた大きなステーキがのっていた。

「あなたは……」

女は妖《あや》しい美しさを見せていた。

「あなたの味方よ。本当に大変ね、今の若い人たちは……」

女は近づいてくると、峰岸を抱き寄せてキスした。峰岸はただ呆然としているばかり……。

ともかく、二枚目のステーキを平らげ、ワインまで飲んで……。

「――ああ！」

峰岸はソファに引っくり返った。

「満足した？」

「ええ！　まるで天国です」

と、峰岸は言った。

女はちょっと笑って、

「どっちかというと、もう一方の方に近いのよ」

「はあ……」

「ともかく、ゆっくりしてらっしゃい」

「ここは……何ですか？」

「私の家」

「立派ですね。でも——僕、お金を持ってないんです」

「いいのよ、お金なんて」

「でも……」

「さあ、お風呂にでも入って、のんびりしてちょうだい」

「いいんですか？」

こんなことがあっていいのか？　――首をかしげたものの、峰岸は目の前の誘惑にはとても勝てなかった。

案内されたのは豪華な大理石の風呂で、それに浸《つか》って、今にも眠ってしまいそうだった……。

何とか眠らずにバスローブをはおって、浴室を出ると、目の前に広いダブルベッド。

「ああ……」

もう何がどうでもいい！　峰岸はそのベッドの上に倒れ込んで、数秒後には眠り込んでいた。

「よく眠ってること」

女が呟いて、峰岸を仰向けにすると、バスローブの胸の辺りを広げて、指先で白い喉に触れた。

くすぐったいのか、峰岸がフフと笑ったようだった。

「可愛いわね」

と、女は言って、

「でも……仕方ない」

鋭く尖った爪の先が、峰岸の白い喉をゆっくりと傷つける。赤い血が一筋、流れ出した。

# 涙の訴え

「やはり休日はいいな」

と、フォン・クロロックは言った。

「わが〈クロロック商会〉も週休四日ぐらいにするか」

「仕事になんないでしょ」

と、娘のエリカが苦笑する。

確かに快い一日だった。――風は爽やかで、日射しも心地よい暖かさ。

「晩秋はいい」

と、クロロックは肯《うなず》いて、

「ヨーロッパの気候のようだ」

何しろ、正統吸血族の一人であるクロロック、あの「ドラキュラ」風のマントなど身につけているので、夏は暑くてたまらないのである。

それでも見栄《みえ》も誇りもあって、マント着用。吸血鬼が暑さでのびている、という図はあまり見たくないが……。

今日はエリカの友だちのバースデープレゼントを買いに銀座へやってきた父娘《おやこ》である。

神代《かみしろ》エリカは、クロロックと日本人女性の間に生まれたハーフ。今は大学生だ。

歩行者天国を二人でブラついていると、

「——やめてください！」

と、女の子の声がした。

誰か痴漢にでもあっているのか、とクロロックたちが振り向くと、

「やめてください！」

若い娘が、じっとクロロックを見つめて、目に涙を浮かべている。

「お父さん、何かしたの？」

と、エリカが訊《き》いた。

「知らん。――あんたは、何を『やめてくれ』と言っとるんだね?」

と、クロロックが訊くと、

「その――吸血鬼のコスプレです!」

と、娘が言った。

「コスプレ?」

クロロックは、ちょっと心外という口調で、

「これはコスプレなどではない。私の正式な服装だ」

「でも……そんなマントなんて……」

「まあ待て」

と、クロロックは止めて、

「そうして涙ぐんでいるというのは、普通でないな。わけを話してみてくれ」

娘は、クロロックの落ちついた態度に、

「すみません……。私の考え違いだったかも……」

と、目を伏せた。

「話してみて」

と、エリカは言った。

「父と私で何か力になれることがあったら……」

「あの……私の好きだった人が、血を吸われて死んだんです」

と、娘は言った……。


「先週だったわね、その事件」

と、エリカは言った。

「はい。――公園に捨てられていたと……」

安田《やすだ》エリというその娘と、クロロックたちは喫茶店に入っていた。

「失血死ということだったな」

と、クロロックは肯いて、

「どこぞのスポーツ紙が、〈吸血鬼出現か!〉などと書いておった」

「傷は首筋にあっただけなのに、ほとんどの血が失われていたと聞きました」

と、エリカは言った。

「それで私のマント姿に文句をつけたのだな？」

「すみません。以前、この歩行者天国を二人で歩いた記憶があって……。つい……」

「いや、無理もない。しかし、吸血鬼というのは伝説に過ぎん」

「はい、それはよく分かっています」

まさか本物が目の前にいるとは思っていないだろう。

「あの……」

と、安田エリはおずおずと、

「この喫茶店、高いですね。コーヒーが千円もして……」

「銀座という場所柄だな」

「すみませんけど……。私、あんまりお金の持ち合わせが……」

「そんなことを心配しとったのか。安心しなさい。私は小さいながらも、〈クロロック商会〉の社長だ。これくらいは交際費で落とせる」

「ケチ言わないで、自分で払いなさいよ、社長なんだから！」

と、エリカににらまれ、クロロックはそっぽを向いた。

見ていた安田エリが笑いだした。

「――すみません。でも……笑ったのなんて、久しぶりです」

と言って、ちょっと息をつくと、

「峰岸《みねぎし》さんが死んでから初めてです」

「あなたはどういう知り合い？　恋人だったのね」

「いいえ、とんでもない。恋人なんて……。一度一緒に映画を見に、この辺に……。同じ会社に勤めていました」

「亡くなった人は失業中と出てたけど」

「ええ。大卒なのでお給料が高いとか、わけの分からない文句をつけられて、雇うときから分かってるのに」

と、エリは言った。

「私は高卒で、雑用係です。峰岸さんとは、たった三カ月、一緒に働いてただけです」

「失業してからは――」

「連絡が取れませんでした。私、心配で。でも、まさかあんなことになるなんて」

と、ハンカチで涙を拭《ぬぐ》う。

「確かに妙な事件だ」

と、クロロックは肯いた。

「あ、すみません」

エリが、バッグの中で鳴りだしたケータイをあわてて取り出した。そして、急いで席を立って、レジの方へ行き、

「――安田です。――はい」

と話していたが……。

「お父さん、あの事件のこと、何か心当たりはある？」

と、エリカが父へ訊いた。

「私は刑事ではない。しかし、あの公園で殺されたわけではなかろう。——何が目的の犯行だったのか……」

と、クロロックは言ってから、

「気にはなっておった」

「どうして？」

「全身の血がほとんど失われるというのは普通でない。吸血族だって、そんなことはしない」

「それもそうね」

「どこかに邪悪なものを感じるな。これで終わるとは思えん」

「犯人が捕まらないってこと？」

クロロックが返事しないうちに、安田エリが戻ってきたが——。どこか放心状態。

「どうかした？」

と、エリカが訊くと、

「あの……。すみません」

「顔色、良くないわよ」

「ええ、あの……。今の電話が……」

「どこからだったの？」

「会社の課長さんです。今日、会社に刑事さんが……」

「まあ、どうして？」

「峰岸さんの事件で、『付き合っていた女性』について訊きたいって……」

「それって、あなたのこと？」

「峰岸さんのケータイが見つかって、私の名が……。課長さんが、『そんな事件に係わりがある人間を雇っておけない』って、——クビだと言われました」

「ひどい話ね」

「行ってみよう」

と、クロロックが言った。

「どこへ？」

「あんたの会社だ」

と、クロロックは言って、伝票を手に取った。

地震が来なくても崩れてしまいそうな古ぼけたビルへ入ると、階段で二階へ。

エリが会社のドアを開けると、

「何だ、来たのか」

と、くたびれた感じの中年男が振り返って、

「ちょうど良かった。私物を持って帰れ」

「課長……。突然クビなんて……。私、明日からどうやって暮らしてけばいいんですか？」

「そんなこと知るか」

と、冷ややかに、

「自分のことで手一杯さ」

「だって、私、何もしてません」

「刑事が調べに来た。それで充分だ」

「そんなひどい……」

「文句があるなら警察に言え」

そこへ、クロロックが入ってくる。

「失礼。ほう、日曜日も仕事かね」

「何だ、あんたは？　うちのような中小企業は、この安田みたいにのんびり休んじゃおられんのだ」

「あの……課長の大久保《おおくぼ》さんです」

と、エリが言った。

「〈K産業〉か。――聞かん名だな」

と、クロロックは狭苦しいオフィスを見回した。

「大きなお世話だよ」

と、大久保は段ボールをせっせと積み上げて言った。

エリカは、下になった段ボールが少しひしゃげているのに気づいた。それを隠したくて他の段ボールを上にのせたのかもしれない。

そこへ、

「大久保さん、今社長から電話で……」

と、ボテッとした事務服を着た中年女性がやってきて、珍しそうにクロロックを眺めた。

「社長秘書の阿部《あべ》さんです」

と、エリが紹介した。

「阿部悠子《ゆうこ》です」

事情を聞くと、

「大久保さん、ひどいわよ、そんなの」

「しかし社長が——」

「私が話してみるわ。エリちゃん、待ってて」

メガネをかけた、化粧っけのない地味な女性である。

十分ほどして、社長が現れた。

「川北《かわきた》です」

と、クロロックに挨拶すると、

「何しろ今は少しでも人件費を削らんとね」

「それは分かるが、理由が納得できんと言っておる」

すると、そこへ、

「やあ、連絡ありがとう」

と、くたびれたコートをはおった男が入ってきた。

「どうも、刑事さん。これが例の娘ですよ」

「課長さん――」

大久保が連絡したらしい。

「一緒に来てもらおう」

と、その中年の刑事は、エリの腕をぐいとつかんだ。

「まあ、落ちつきなさい」

と、クロロックが刑事の肩を叩いて、

「この子を連行するどんな証拠が？」

「証拠？　そんなものあるか。俺の勘だ」

「それはいささか乱暴では？」

クロロックがじっとにらむと、刑事はフラッとして、

「うん……。確かに乱暴だった。申し訳ない！」

と、手を放すと、

「痛くなかったかね？」

と、エリに訊いた。

「あ……。いえ、ちょっとだけ……」

エリが面食らっている。クロロックが刑事に催眠術をかけたのだ。

「公僕として、あるまじき行為だった。反省しておる」

「はあ……」

「僕は高崎《たかさき》というK署の刑事だ」

「そうですか……」

「しかし、君のことを何の根拠もなく連行しようとした。それはここにいる大久保

が、君を『怪しい』と密告したからだ。人間として許せんことだ」

「刑事さん、そんな……」

と、大久保が呆気に取られている。

「まあ、人間、誰しも過ちはある」

と、クロロックが高崎という刑事の肩を叩いた。

「そう言ってもらえると……」

「それより、峰岸秀一《しゆういち》君が殺された件で、何か手掛かりはあったかね？」

「はっきりしたものはありませんが、それらしい人物を、死亡推定時刻のころに見かけたという者が」

「ほう、誰かね？」

「女子高校生です。名は江川志乃《えがわしの》といって……」

「なるほど。では一つ、その見かけたという辺りへ我々を連れてってくれんか？」

「かしこまりました！　いや、公僕として喜んでお供いたします！」

「では行こう」

「あの……やっぱり私、クビですか？」

と、エリがおずおずと言った。

「ここはもう辞めたのだ。気持ちを切り換えなさい」

と、クロロックが肯いて、

「世の中、きっといいこともある」

「はあ……」

エリの方は現実的な心配で頭が一杯な様子だった……。

# 幻の宮殿

「あれ？」

と、足を止めて、江川志乃《えがわしの》は呟いた。

「また、ここに来ちゃった」

この前はバス停を降りて……。今日は逆の方へ行ったつもりだったのに！

「もう……救いがたい方向音痴！」

江川志乃は、そう呟くと、

「そうそう……。あの若い人……。何て名前だっけ？」

峰岸《みねぎし》。――そう、峰岸という人、とてもガックリしてたわ。

そう。この辺だったかな。

あの人、殺されたって……。怖いわね。

それも、体の血がほとんどなくなっていたって……。

あのときは生きてた。――そう確かに。

「ね、ちょっと遊ばない？」

と、志乃はあの男を誘ったのだが、

「僕、今お金がないんだ」

と、彼は言った。

お金がないんじゃ、用はない。志乃はすぐに別れた。

でも――もし、一緒に「遊んで」いたら、あの人は死ななくてすんだかしら？

いえ、私まで殺されたかもしれない……。

志乃は、でもチラッと見ただけのあの峰岸って若い男が忘れられなかった。

それは志乃のことを、「とんでもない高校生」だと、にらみもせず、怒りもしなかったから。

たいていの大人は、

「そんなことしちゃいけないよ」

と、お説教したり、

「俺をそんな男だと思ってるのか！」

と怒ったりする。

そのくせ、「じゃ、いくらならいい？」なんて訊いたりするんだ。

でも、あの人は、ただ、

「お金がないんだ」

とだけ言って、

「ごめんよ」

と、謝ってくれたりした。

志乃は、峰岸に謝られたことで、いつになく「恥ずかしい」と感じた。そんな気持ちになったこと、珍しい……。

だから、ちゃんと名のって警察に届け出たのだ。峰岸が殺されたのは、この辺かもしれないから……。

死体が見つかった場所は、ここから大分遠い。車でも二十分くらいかかるだろう。

もちろん、それでも志乃は今夜も「おこづかい」稼ぎに出かけてきたのだけれど……。

ただ、何となくいつもほど気楽ではいられなかった。

暗い道を歩いていて、角を曲がると、

「キャッ！」

と、思わず声を上げた。

目の前に誰か立っていたのだ。

「ごめんなさい……」

コートをはおった男で、ちょうど街灯の明かりで志乃の顔が見えると、

「高校生か」

と言った。

「そうよ。ちょっと遊んでく？」

と、志乃は言ったが、内心は、「こんな人いやだな」と思っていた。

「いや、やめとく」

と言って、男は足早に行ってしまった。

「何よ……」

と、口を尖らして——でも今の人、いやにこっちの顔をジロジロ見てた。

まさか、学校の先生？

それなら声で分かるよね。

肩をすくめると、志乃は考えだした。

「あれ？」

——行き止まりだ。

この前はこんな所へは来なかったけど。

しようがない。戻ろう。

志乃は戻ろうとして、何かきしむ音を聞いた。

何だろう？　じっと目をこらすと——。

「え？」

見たところ、ただ黒い塀だったのが、ポカッと入り口が開いていたのだ。

「何なの、ここ？」

こわごわではあるが、志乃はそっと近づいて中を覗き込んだ。――そのとき、何かツンとくるような匂いがして、一瞬フラッとしたが、すぐに元に戻った。

「どこなの、一体？」

と呟きながら中へ入ってみると、目の前にもう一つドアがあり、明るい光が洩れていた。

勝手に入っちゃまずいかしら、と思いつつも、好奇心は押さえられず、そっとドアを開ける……。

「うそ……」

と、思わず呟いたのは、そこがまぶしいほど明るいブティックで、ズラッと並んだ服の数々は、正に志乃の好みにぴったりだったのである。

「これって……。信じらんない！」

志乃はズラリと並んだ服を次々に手に取って、大きな鏡の前で体に合わせてみた。

「どれもすてき!」

ウットリとため息をついていると、

「お気に召したかな?」

と、声がした。

びっくりして振り向くと、スラリと長身の美青年がスーツ姿で立っている。

「あ……。ごめんなさい!」

と、志乃は急いで言った。

「勝手にいじったりして——」

「いいんだよ」

と、青年は微笑んで、

「ここにある服は、全部君のものだ」

志乃は唖然として、

「私の?　でも……」

「心配することはないよ。ある大金持ちの方がね、君に惚れて、こうして君の好みをすべて叶えてあげようとなさっているんだ」

「大金持ち……。でも、私、会ったことないけど」

「会わせてあげよう。――どれか、君の気に入った服を着てごらん。それから君を高級フランス料理へご招待するよ」

そんなことって……。

大丈夫かしら、と思いながらも、志乃はとても目の前の誘惑に逆らえなかった。

きっと相手は「おじさん」ね。それなら、清純なイメージで行こう！

志乃は試着室のような仕切りの中で、水色のドレスに着替えた。

あの青年の前に出ていくと、

「どうかしら？」

と、少し照れる。

「すばらしい！」

と、青年は首を振って、

「それなら間違いなく、あの方も喜ばれるよ」

「本当？」

「さあ、おいで」

手を取られて、さらに奥へ進むと、もう一つドアがあった。

「──お連れしました」

と、青年がドアを開ける。

「やあ、よく来てくれた」

迎えてくれたのは、確かに「おじさん」には違いなかったが、スマートで若々しく見える紳士だった。

「さあ、かけてくれ」

テーブルにつくと、銀色のナイフとフォークが並べられ、志乃は次々に出される料理のおいしさに陶然とした。

「──気に入ったかね？」

と、紳士に訊かれて、

「最高よ！」

と、つい友だちみたいな口をきいてしまった。

「良かった。——ワインも少しは大丈夫だろ？」

「ええ、もちろん」

実は飲んだことがなかったのだが、子供に見られたくないので、注がれるままに飲み干してしまった。

カッと胸が熱くなり、何だか今ならどんなことでもできる気がした……。

「——おいしかった！」

と、食べ終えて言ったものの、お腹は一杯、しかも慣れないワインとくれば、眠気がさしてくるのは当たり前。

「どうかね？」

と、その紳士が言った。

「今夜はここに泊まっていったら？」

泊まる。——やっぱりそうよね。そうでもなきゃ、こんなにいい思いをするなんてこと、あるわけない。

いくら紳士だって「男」だもんね……。

するると、志乃の思いを見透かしたように、

「いや、君の心配しているような意味じゃないよ」

と、紳士が言った。

「あの……」

「私は君に少しでも幸せな気分を味わってほしいんだ」

「そうですか」

志乃はちょっと恥ずかしい思いをした。

「――さあ、では寝る前に一風呂浴びるといい」

紳士が手を叩くと、

「ご用意ができております」

と、現れたのは、妖《あや》しい美しさの女性で、志乃を豪華なバスルームへと連れていってくれた。

「凄い……」

大理石の、溺れてしまいそうな大きな浴槽。

「ごゆっくりお入りください」

真っ赤なスーツの女性は志乃にふかふかしたタオルを手渡して言った。

一人になると、志乃は裸になって、熱いお湯に身を浸し、息をついた。

「いいなあ……。お風呂って！」

志乃は、小さいころからお風呂が大好きだったことを思い出した。

ずっと、ずっと忘れていた。

小さいころ、パパと一緒にお風呂に入り、パパの顔にバシャバシャとお湯をかけて困らせるのが楽しかった。長く入り過ぎて、

「のぼせちゃうわよ」

と、ママが覗きに来て苦笑いしていたっけ……。

あのころ――パパとママは仲が良かった。

やがて、志乃がパパと一緒にお風呂に入らなくなったころ、パパの会社は危なくなって、お給料が減ってしまった。

ママも働きに出て、パパとも年中ケンカするようになった。

そして、志乃が中学三年生のとき、パパは家から出ていったきり、戻らなかった……。

ママは夜、働きに出るようになった。志乃はそんなママの大変さを分かってはいたが、年中酔っ払って帰ってくるママに、うんざりしてしまった……。

ああ……。こんな立派なお風呂に、ママも入れてあげたい。そしたら、ママも少しは昔のママに戻ってくれるかもしれない……。

「ああ、眠っちゃいそうだ」

志乃は、お風呂を出ると、バスローブをはおって、バスルームを出た。

ベッドが――見たこともないくらい大きな気持ち良さそうなベッドが、志乃を待っていた。

「さあ」

と、あの赤いスーツの女の人が微笑んで言った。

「ゆっくりおやすみなさい」

「いいんですか？」

「ええ、もちろんよ。起きるまで、好きなだけ眠っていいのよ」

「好きなだけ……」

志乃は、ほとんど高校へ通っていなかった。でも、つい朝起きてしまう。ママがブツブツ言うからだ。

「じゃ、私、このまま寝ちゃおう！」

と、バスローブ一つで、志乃はベッドの上に転がり込んだ。

「そうそう。――自由が一番よね。おやすみなさい」

「おやすみなさい。あのおじさんによろしく……」

そう言うと――志乃はアッという間に寝入ってしまった。

「――眠ったか」

と、あの紳士がやってきた。

「ええ、ぐっすりと」

「若々しいな。理想的だ」

「はい。それでは――」

「うん。始めよう」

女が、バスローブの前を開くと、少しほてった白い肌がつややかに現れる。

女の指先が小さな刃物を持って、志乃の首筋へと近づいた……。


ああ……。

寒い！　――どうしたの、私？

志乃は身震いして目を覚ました。

「え？　――ここ、どこ？」

起き上がって、志乃は愕然とした。

ゴミ置き場だろうか、辺りはガラクタの山で、志乃は古い破れたマットレスの上に寝ていたのだった。しかも裸で。

「気がついた？」

と、若い娘が志乃に毛布を着せてくれた。

「私……どうしてこんな……」

「もう大丈夫。危うく血を取られて死ぬところだったわ」

「──血を？」

「私、神代《かみしろ》エリカ。江川志乃さんね」

「ええ……」

「立てる？　薬をのまされてたのよ」

「薬？」

志乃は思い出して、

「私……凄いごちそう食べて、立派なお風呂に入って……」

「立派なお風呂ね。──それのこと？」

志乃はそこに捨てられていた古い狭苦しいバスタブを見て、唖然とした。

「私、これに入ってたの？」

「麻薬の効果で、幻覚を見たのよ。自分が夢みてたものに見えたんだわ」

「幻覚……」

「そう。あ、お父さん」

——クロロックが両手に男と女を引きずってやってきた。

「逃げようとしたから、ぶちのめしてやった。向こうにもう一人のびとる」

赤いスーツの女は、およそ「美しさ」とは無縁の、冷ややかな感じの女だった。

「阿部悠子《あべゆうこ》ね。川北《かわきた》社長の秘書の」

と、エリカが言った。

「川北？」

「〈K産業〉って、殺された峰岸さんの勤めていた会社の社長」

「あの人……。私が会った人ね」

「あなたの通報で、この辺りを調べていたの。良かったわ、あなたが無事で」

志乃は、のびている男が、服装から、あの「美青年」だったと知った。見るからにくたびれた中年男だ。

「逮捕しました！」

高崎《たかさき》刑事が、手錠をかけた川北を引っ張ってきた。

志乃は、それがあの「紳士」だと知った。

エリカに服を渡され、急いで着ると、ガラクタの山の間を抜けて、カップラーメンや弁当の空き箱が捨ててあるのを見ると、吐き気がした。

そして捨てられた古着の山……。これがあの〈ブティック〉だったのか。

「こんなこと……」

志乃はよろけた。

「大丈夫?」

「ええ……。私、血を抜かれるところだったの?」

クロロックが、川北の首根っこをつかんで、

「新しい麻薬を作るのに、健康な若い血が必要だったのだな。人間一人の血をまるまる取り出せば相当な量になる」

「私も……危うく殺されてたのね」

志乃は身震いした。

クロロックは高崎刑事に、

「あの会社を調べれば、麻薬を売り捌《さば》く連中のことも分かるだろう」

と言った。

「はい！　ありがとうございます！」

高崎はまだ催眠術が効いているようだ。

パトカーが表にやってきた。

クロロックとエリカが出てくると、安田《やすだ》エリが待っていた。

「ありがとうございました」

と、深々と顔を下げて、

「峰岸さんの敵《かたき》が取れました」

「うむ、良かったな。次はあんたも狙われたかもしれん」

「そうですね……」

エリは、パトカーへ乗せられようとしている川北の頭をコツンと殴った。

志乃はそれを見て、

「私も殴りゃ良かった」

と呟いた。

「エリさん」

と、エリカが言った。

「この子を家に送ってあげてくれる？」

「ええ、もちろん。行きましょう。私、安田エリ」

「江川志乃です」

志乃は空を見上げて、

「もうじき夜が明けるんですね」

「そうね」

「私、学校に行かなきゃ」

と、志乃は言った。

# 吸血鬼の人生相談所

# 大学生キャスター

学生同士、おしゃべりに花を咲かせながら帰ろうとしているときに、一人が急に、

「私、TV局の車が迎えに来てるから、ここで」

と、いなくなってしまったら、これはやはり「凄くいやみ」だと言われてもしようがないだろう。

実際、安田佳子《やすだけいこ》もそう言われていたのだが、当人はまるでそんなことには気づかず、偉そうにしているつもりもなかった。

「ごめんなさい、待たせて」

と、TV局のワゴン車に乗り込むと、

「間に合うわよね？」

「間に合わなきゃ大変だ。生放送なんだから」

と言ったのは、中で待ち構えていた、TVの番組担当、弘川伸一《ひろかわしんいち》だった。

「だって、私、大学生なのよ。サボるわけにいかないし」

と、安田佳子はふくれっつらになった。

「分かってるとも。現役女子大生ってことで売ってんだ。退学になったり落第したりしないでくれよ」

「大丈夫よ。私、結構成績いいんだから。本当よ」

と、佳子は言った。

「いいから、着替えて。着いてからじゃ間に合わないかもしれない」

「また？　――いいわ。覗かないでね」

「目をつぶってるよ」

佳子は座席の後ろのスペースへ行くと、用意してあった衣裳に着替えた。

「何なの、これ？」

と、着てみて目を丸くする。

「魔女のイメージだって。〈人生相談〉にふさわしいだろ」

「このミニスカートのどこが魔女?」

どう見ても、〈宇宙戦隊何とか〉の衣裳だ。

「僕がデザインしたわけじゃない」

と、弘川は肩をすくめて、

「たぶん、君のきれいな脚を、たっぷり見せようってことだろ」

——安田佳子は、たまたま大学の文化祭を取材に来ていたKテレビのプロデューサーの目にとまり、夕方からの生番組〈ワイド!〉にアシスタントとして出演することになった。

ちょっと舌っ足らずのしゃべり方と、失敗したときの照れ笑いが「可愛い!」と、人気者になってしまって、一番当人がびっくりしている。

そして、この一カ月、担当しているのが、番組の中の〈人生相談〉コーナー。

視聴者からの電話に、その場で答えるのだが、何といっても大学生。人生経験も乏しくて、答えはそのときの思いつき。

本来、このコーナーを担当していた女性占い師が、お笑いタレントとのスキャンダルで突然降ろされてしまい、急に佳子がやらされることになったのだった。

しかし、そのめちゃくちゃな回答が「面白い！」と人気になってしまった。分からないものだ。

かくて、今では〈佳子の人生相談！〉は〈ワイド！〉の中でも人気コーナーになっていたのである……。

ところで、安田佳子がさっさと行ってしまって、残された女子大生たちの間では、

「可愛い子は得ね」

「もうスター気取りじゃない」

「態度大きいよね、ここんとこ」

と、散々な言われよう。

ただ、神代《かみしろ》エリカが、

「でも、大変でしょ、あれで結構」

と、のんびり言った。

「こうなったら、甘いものでも食べて帰らなくちゃ！」

と、言ったのは橋口《はしぐち》みどりだった。

エリカの親友、みどりも安田佳子の文句を言うよりも、おいしいものがあれば文句はないというタイプ。

かくて、みんなで甘味の店へと足を向けたのである。

もちろん、甘いものだけで終わるはずもなく、店でのおしゃべりがずっと続いた。

そのうち、

「あ、そろそろ佳子の出番じゃない？」

と、一人が言った。

店にはTVがあり、今はサッカーの試合をやっていたが、客は誰も見ていなかった。

「――チャンネル、変えちゃえ」

と、〈ワイド！〉にすると、正にちょうど〈佳子の人生相談！〉というタイトルが画面に出たところ。

「やった！　いい勘してる」

画面に出てきた安田佳子の衣裳に、みんな一斉に声を上げた。

「凄い格好！」

「脚、丸出しじゃない！　胸の谷間も……」

「あれ、作ってるね」

当人も、明らかに恥ずかしがっている。

「ええ……これ、全然知らなかったんです！　こんな衣裳になるなんて……」

と言いわけしてから、

「じゃ、今日も皆さんの人生の悩みに、お答えします！」

と、ニッコリ笑ってみせた。

「うん……悔しいけど、可愛い」

甘いもののおかげか、女子大生仲間も大分寛大になっているようだ。

「では、初めの方です」

電話の相手の声がスタジオに流れる。

最初の相談は、「好きな相手が犬派で、私は猫派なの。どうしよう?」という女の子。

「そうですか。困りましたね」

と、佳子は首をかしげていたが、「——うん! あなたの猫に〈ポチ〉とか〈タロー〉とか、犬の名前つけたら? 何なら、ちょっと変装させて、『猫に見えるけど、ニャーオって鳴く、珍しい犬なの』って言い張ったらいいんじゃない?」

スタジオは爆笑。——甘味屋の女子大生たちも、

「あれ、真面目に言ってる?」

「だからおかしいんだよ」

と、笑っていた。

二人目の相談相手は、「人生に絶望した」という中年男性で、

「人生、何を生きがいに生きていけばいいんでしょう?」

と、大体こんなことを大学生に大人が訊《き》くのか、とふしぎだが、佳子はアッサリ

と、

「簡単です！　週一度、こうしてＴＶで私に会える。それを目標に生きればいいんです」

「――よく言うよ」

と、ＴＶを眺めている仲間が呟く。

「あそこまで言われると、腹も立たないね」

と、一人が言った。

「では、〈佳子の人生相談！〉今日はこの辺で――」

と、終わりかけたとき、

「もしもし」

男の声がスタジオに響いたのだ。

「え？」

佳子がスタッフの方へ目をやる。

しかし、男の声は構わずに、

「ぜひ、あなたのご意見を伺《うかが》いたい」

男の声は、そう若そうに聞こえなかった。

「はい。どんなことですか？」

と、佳子が訊くと、

「私は病気でしてね」

「あら、具合良くないの？」

「体の病気ならともかく、心を病んでいるのです」

「じゃあ、お医者様に相談した方が――」

「医者には治せないんです」

淡々とした、感情を感じさせない声だ。

聞いていて、エリカはどこか無気味なものを覚えた。

「じゃ、どういう病気なんですか？」

「人を殺したくなるんですよ」

――佳子は慄然としたが、

「冗談ですよね？　そういうことをＴＶで言わない方が――」

と、笑って片づけようとした。

「冗談かどうか」

と、男は続けて、

「今夜、午前０時に分かります」

「というと？」

「次の住所で、人が死にます」

男はどこかのマンションらしい住所を告げると、初めてちょっと笑って、

「ちゃんと相談しましたよ。また連絡しますから、返事をよく考えておいてください」

「あの――」

「では失礼」

切れた。――スタジオでは、

「ここでＣＭ」

と、司会者が言おうとした。

「待って！」

佳子が司会者のそばへ駆けつけてくると、

「今の、何なの？　どういうこと？」

「佳子ちゃん！　これは生放送ですよ」

「分かってます！　でも放っとけない」

と、佳子は真剣に、

「だって、あの人が言った住所、私の家だもの」

と言ったのである。

## 予言の果て

「人騒がせね、本当に！」

と、安田百合子《やすだゆりこ》が言った。

「だって、心配だったんだもの」

と、佳子《けいこ》は言った。

「まあいいさ」

と、父、安田俊之《としゆき》が笑って、

「世の中、色々妙な奴がいるもんだ」

——佳子は、父と母と一緒に、都内のホテルに一泊したのである。

「家で死ぬ」というのなら、家にいなければいい、と思ったのだ。

「高いホテル代、払わせてやる」

と、佳子はマンションに帰って、エレベーターの中で言った。

「ちゃんとチェックしてくれなきゃね」

と、母の百合子が言った。

「そのはずなのよ。前もって、オペレーターが受付から電話で話を聞いて選ぶの。でも、あれは直接かかっちゃったんですって」

「ともかく、何もなかったんだ」

安田俊之がルームキーを出して、玄関を開ける。

「おい、だれか来てるのか?」

玄関に男ものの靴があった。

「まあ」

と、百合子が目を丸くして、

「この靴、信人《のぶと》ちゃんのだわ」

三田《みた》信人は、百合子の甥。佳子の従兄《いとこ》だ。

「来ることになってたのか?」

「いいえ。あの子、時々いきなりやってくるから。——信人ちゃん」

と、居間へ入った百合子が、立ちすくんだ。

「お母さん!」

と、佳子は息を呑んだ。

居間の照明器具のフックから、首を吊った男が、ゆっくりと揺れていたのだ。

「信人ちゃん……」

サラリーマンの信人は、スーツにネクタイという格好だった。

「おい! 救急車を呼べ!」

安田がやっと我に返って、

「佳子、台所から包丁を! 縄を切るんだ」

「うん」

佳子が包丁を取ってくると、安田は椅子に乗って、信人の首にかかった縄を切る。

信人の体が床へドサッと落ちた。

「一一九番したわ」

と、百合子が言って、青くなる。

「――もう死んでいるようだな」

と、安田は信人の脈を取って言った。

「まさか……本当に人が死んだの？」

と、佳子は呟いた。

「こんなことって……」

百合子が呆然と床に座り込んでいる。

「でも、これって……自殺？」

と、佳子は言った。

「そうだな。しかし……たぶん警察が調べるだろう」

「あなた。それより――信人ちゃんの家に」

「ああ、そうか。電話番号、分かるか？」

「私……とてもかけられないわ。佳子、知ってるでしょ。かけて」

「私が？」

「ね、お願い」

百合子は、青白い顔をして、貧血を起こしているようだった。

「分かった」

佳子はケータイを手に、玄関から外の廊下へ出ると、伯父の家へかけようとした。

そのとたん、ケータイが鳴りだしてびっくりする。さらに驚いたのは、死んだ信人のケータイからかかっていたことだった。

「もしもし……」

と、こわごわ出ると、

「分かったかね」

と、男の声が言った。

佳子は息を呑んだ。あの〈人生相談〉にかけてきた声だ！

「誰なの？」

「本当に人が死んだろう」

と、愉快そうな口調で、

「私がどうしたらいいか、来週答えてもらおう」

「あなた——信人さんを殺したの？」

男は笑って、

「殺人かどうか、調べてもらうことだ」

「ただじゃおかないから！」

「では来週までに、頭を冷やしておいてくれ。——失礼」

「待って！　もしもし！」

通話は切れていた。

何なの、一体……。

信人さんは、私のせいで死んだ？　——佳子はそう考えると途方にくれてしまった。

すると、またケータイが鳴って、佳子は危うく悲鳴を上げそうだった。

「もしもし」

「佳子ちゃん？　ね、信人、そっちに行ってない？」

「伯母さん……」

三田弥生《やよい》は、信人の母だ。

「あの……」

「あの子、ゆうべ帰ってこなくてね。ケータイにもかけたんだけど、出ないのよ。よく黙ってお宅に行ってるから、もしかしたら、と思って。——もしもし、佳子ちゃん？　聞こえる？」

「伯母さん……。それが……それが……」

どう言っていいか分からず、佳子はそうくり返すばかりだった……。


「やあ、佳子ちゃん」

Ｋテレビの廊下を、〈ワイド！〉担当の弘川《ひろかわ》がやってきた。

「弘川さん——」

「珍しいね。出番じゃない日に局に来るなんて」

弘川は、佳子の後ろを見て、

「そちらは?」

「私の大学の友だち、神代《かみしろ》エリカさんと、お父さんのフォン・クロロックさん」

「へえ! いや、そのスタイル、面白いな」

と、マントをまとったクロロックを眺めて、

「タレント志望?」

「弘川さん、事件のこと、知らないの?」

「知ってるよ。君の従兄が亡くなったんだってね。気の毒だった」

と、アッサリ言って、

「でも、偶然だよ。気にしてもしようがない」

「そんな……。あの男から、電話してきたのよ」

「だけど、調べて自殺ってことになったんだろ?」

「そうだけど……。ね、あの〈人生相談〉のときのこと、調べたいの。力を貸して」

「いや、それは……」

弘川は、渋い顔になって、

「警察が間違ってるって言うようなもんじゃないか。そういうのは局として……」

「いやいや」

と、クロロックが進み出ると、

「若者の命が失われたのです。あなたも、ぜひ協力したいと思っておられるでしょう？」

クロロックに見つめられて、弘川はグラッとよろけた。

「いや、全く同感です。できることは何でもします。おっしゃってください」

弘川の変わりように、佳子は目を丸くしていた。もちろん、クロロックの催眠術にかかったのだが、ともかく協力してくれることになったのはありがたい。

「ではまず、そのオペレーター室というのを見せていただけるかな？」

と、クロロックは言った。

「ええ、あの日は私がここの責任者でした」

と、高木久美《たかぎくみ》は言った。

「あの番組のためのオペレーター室なんですか?」

と、エリカは訊いた。

「いえ、この局のいろんな番組のです。〈ワイド!〉は毎日やってますけど、いつもオペレーターが必要なわけじゃないので」

「ここで電話を外から受けて、スタジオへつなぐのだな」

と、クロロックが言って、部屋の中を見渡すと、

「これくらいの部屋があるといいな」

「何が?」

「いや、何しろ今我が家は涼子《りようこ》と虎《とら》ちゃんに占領されて、私の居場所がない」

「こんな所でグチこぼさないでよ」

と、エリカは父をつついた。

「——でも、あの電話は妙でした」

と、高木久美は首をかしげて、

「このオペレーター室を通さないで、つながってしまったんです」

「すると、あんたはその電話に出なかったのかね？」

「出ていません。出ていれば、あんな電話つなぎませんよ」

と、高木久美は顔をしかめて、

「それに、時間的にも、もう佳子ちゃんのコーナーは終わらなきゃいけなかったんです」

「なるほど」

「大変なんですよ。あんなふうに延びると、ＣＭの時間がずれて、苦情が来ますから」

そこへ、でっぷり太った男が顔を出し、

「おい、弘川くん」

「あ、友永《ともなが》さん」

「何してるんだ？　――誰だ、これは？」

と、クロロックを珍しそうに眺める。

「私のお友だちです」

と、佳子が言った。

「おお、佳子ちゃんか。君、評判いいよ」

「ありがとうございます。でも——」

「週一回じゃ惜しい。月水金ってのはどうだね？」

「週三日ですか？　大学がありますから……」

「そうか。——おい、弘川君。Sテレビが〈ワイド！〉のキャスターを引き抜こうとしてるって噂だぞ。知ってるか？」

「本当ですか？　誰を引き抜こうと？」

「そいつが分からん。こっそり当たってくれ」

「分かりました！」

Kテレビの重役だというその友永と一緒に、弘川はさっさと出ていってしまった。

「——TV局って、済んだことには興味ないの。これからのことしかね」

と、高木久美は言った。

「あら、今ごろ――」

テーブルの電話が点滅した。久美がスイッチを入れると、

「伝えておけ」

という男の声。

佳子が息を呑んだ。

「この声だわ！」

「次の〈人生相談〉の日、そのスタジオで人が死ぬ」

「どなたですか？」

「死神の親戚とでも言っておこう」

男はそう言って笑うと、電話を切った。

「――スタジオで死ぬ？」

佳子は青ざめていた。

「待て。今の電話は録音してあるか？」

「はい、自動的に全部録音されます」

「そうか」

と、クロロックは肯《うなず》いた……。

# 相談相手

「エリカさんは、すぐ妙なことに係わり合うんだから」

と、涼子《りようこ》が文句を言った。

「そんな……。別に好きで係わり合ってるわけじゃないわ」

と、エリカは言い返した。

「そうかしら？　じゃ、私の、、、夫を巻き込まないでくれる？」

「おいおい」

と、「夫」のクロロックが夕飯をとりながら、

「我々吸血族は、人間の役に立つべく、定められているのだ。それは分かっとるだろう」

「そう」

涼子の顔がこわばって、

「じゃ、あなたは私と虎《とら》ちゃんがどうなってもいいって言うのね？」

「そんなことは言っとらん——」

「いいえ。あなたにはエリカさんの方が大事なんだわ！　私と虎ちゃんなんて、余計者なのよ」

こうなるとクロロックは弱い。

「誰がそんなことを！　お前は世界一大切な女だ」

「じゃ、虎ちゃんは？」

「一番大切な男だ」

「エリカさんは？」

「うん、まあ……。大切ではあるが、大分落ちるな」

「何番目？」

「そうだな……。五番、六番……。いや、もっと下がる。三十八番目くらいか」

どこからそんな数字が出てくるのか。

——涼子がしつこくクロロックに迫っているのは、次の〈佳子《けいこ》の人生相談！〉のコーナーで、スタジオの誰かが死ぬ、という電話の内容を、Kテレビがニュースで流してしまったからだった。

どうやら、弘川《ひろかわ》とあの重役、友永《ともなが》が、

「いい宣伝になる」

というので、わざと洩らしたらしかった。

「本当に人が死んだらどうするんですか！」

と、佳子は抗議したのだが、

「真っ先にニュースで流せる」

と言われてしまった。

——それで涼子の苦情になっているのだった。

「おいエリカ」

と、クロロックは食事の後で、そっとエリカを捕まえて、

「明日の木曜日は、お前一人で何とかしてくれ」

「もう……」

「な、頼む。涼子に出ていかれたら、私はどうしていいか……」

情けない吸血鬼である。

しかし、エリカとしても、夫婦喧嘩のとばっちりを受けるのはかなわない。

「分かったわよ」

と、渋々承知した。

「その代わり、今度私たち三人組と佳子に高級フレンチをおごって」

「四人もか?」

クロロックはウーンと唸《うな》って、

「二人分を四人で食べる、というのではだめか?」

「引き抜きの話? 誰のことだい、それは」

と笑ったのは、〈ワイド!〉のメインキャスターの三枝《さえぐさ》徹《とおる》だった。

た。

「他の局から、億単位の金で話が来てるって聞いたぜ」

と、友永が言った。

「隠すなよ」


Kテレビのラウンジで、今日の〈ワイド！〉の打ち合わせをしているところだっ

「凄い！　億？」

と、女性スタッフが声を上げる。

「やめてくれ。僕にそんな値打ちはないぜ。目の前に億の札束が積まれたら、そりゃクラッとくるだろうけどな」

と、三枝は笑った。

三枝徹は今五十歳。ソフトで知的な風貌で女性に人気が高い。

「もしそんな話が来てるんだったら、まず俺に話してくれ」

と、友永は言った。

「な、頼むよ。ギャラを上げるとか、考えるから。黙って移られちゃったら、俺の

立場がない」

「さ、こんな話は無視して、今日の打ち合わせだ」

と、三枝は資料をめくって、

「そうか。今日は問題の木曜日だな」

「すみません」

「佳子ちゃんが謝ることないよ。しかし、厄介だな。しかも今日はスタジオ内で死ぬっていうんだろ?」

「三枝さん、今日は私の〈人生相談〉、中止してください。都合により、でも、私が急病でもいいですから」

「そうはいかない。予定通りやる。それが我々の仕事だ」

「でも――」

「大丈夫。ちゃんとガードマンに見張っててもらうよ」

「でも、私、死にたくない……」

と、女性スタッフが呟いた。

「エリカ」

と、スタジオの隅のエリカの所へ、佳子がやってくる。

「本番五分前です！」

と、声が上がった。

「私——怖い」

「大丈夫、私がついてる」

と、エリカは佳子の肩を叩いた。

「あなたのお父さん、来てくれないの？」

「私じゃ頼りない？」

「そうは言わないけど……」

言ってるのと同じだ。

「佳子ちゃん！　スタンバイ！」

と呼ばれて、

「はい！　――じゃ、エリカ、何かあったらお願いね」

「大丈夫よ、落ちついて」

佳子はいささか引きつった笑顔で、ライトの当たっている自分の席へと駆けていった。

「マイクのチェック。佳子ちゃん」

「はい。――皆さん、〈佳子の人生相談！〉のコーナーです」

「少し声が上《うわ》ずってるよ」

「すみません……」

こんな状態で平然としゃべれたら、そっちの方がふしぎだ。

「そのままでいい。気を楽にね」

と、弘川が言った。

「ええ……」

佳子が肯《うなず》く。

「今、ＣＭ中です」

と、声がかかる。

「あと二十秒」

佳子が深呼吸して、座り直す。

エリカはスタジオの中を見回した。――気のせいか、少し薄暗くなったようだ。

でも、佳子ははっきり見えている。

すると、エリカのすぐ後ろで、

「感じるか」

と、声がした。

「お父さん！　びっくりした」

エリカは振り向いて、

「大丈夫なの、ここに来ても」

「心配ない。私と涼子は愛し合っとるからな」

「こんな所でのろけないでよ」

「いざとなったら、お前が出ていけばいい」

「どこが『心配ない』なのよ」

「待て。少し暗くなったろう」

「やっぱり？　気のせいかと思った」

「現実だ。——このスタジオがもともと〈悪意〉を持っていたのだな」

「スタジオが？」

佳子の〈人生相談〉が始まった。

ごく普通の相談電話が流れて、佳子が答えている。

「このスタジオには、喜びや悲しみ、恨みや憎しみが積もっている。そこへ、きっかけになったのが、あの電話だ」

「電話って、あの男の？」

「声を変えるように操作してあった」

「うん。それは分かったけど……」

「なぜ、あの電話がじかに〈人生相談〉へかかったか。それは内線だったからだ」

「じゃあ……」

と、エリカが言いかけたとき、

「じゃ、今日はこれでお別れです」

と、ホッとした様子で佳子が言った。

そこへ、

「もう一人、相談を聞いてもらおう」

と、あの声が響いた。

佳子が青ざめながらも、

「あなたね。かかってくると思ってたわ」

と、真っ直ぐにカメラを見つめて言った。

「先週の問いに、まだ答えてもらっていないぞ」

「答えてほしい?」

「もちろんだ。それがお前の仕事だろう」

「じゃ、答えてあげる。人を殺したくなる病気だと言ったわね。どうすればいいのか、って」

「ああ、そうだ」

「答えてあげる。——あなたが死ねばいいのよ！　そうすれば人を殺さなくてすむわ」

と、佳子が力をこめて言った。

少し間をおいて、男が笑った。

「それは正しい答えだな。——しかし、いい答えではない」

「どうして？」

「なぜなら、俺は死にたくないからだ」

「勝手言わないで！」

佳子はカッとなって、

「信人《のぶと》さんは死んだのよ！　人を死なせて、自分は死にたくないなんて！」

「誰しもそうさ」

二人のやりとりに、メインキャスターの三枝が割って入った。

「時間です。もう切りますよ」

「待て！」

と、男が言った。

「俺は予言したぞ。このスタジオで、誰かが死ぬのだ！」

「これは私のコーナーよ！」

と、佳子は立ち上がって言った。

「殺すなら私を殺して！」

佳子の、叫ぶような声がスタジオの中に大きく響き渡ると、まるで遠いこだまのように、その言葉が二度、三度と飛び交った。

「何なの？」

と、佳子がスタジオを見回す。

「いかん」

と、クロロックが言った。

「このままでは――」

そのとき、スタジオの中の明かりがすべて消えて、中は真っ暗になってしまった。

「怖いわ!」

「明かりを点《つ》けろ!」

と、方々で声がする。

そして——物の壊れる凄い音が、響き渡った。

その音の余韻がしばらく漂っていたが、他の誰もが無言だった……。

明かりが点いて、ホッとした空気になる。

「——佳子ちゃん!」

と、叫び声が上がった。

〈人生相談〉のコーナーの机と椅子の上に、重い照明器具が落下して、机も椅子もバラバラになっていた。

「佳子ちゃん!」

三枝が駆けつける。

「どこだ! ——早くこれをどかせろ!」

スタッフがあわてて駆けてくると、照明器具を持ち上げて床へ投げ出す。しかし――。

「どこにもいません」

「いない？　馬鹿な！　じゃ、どこにいるんだ？」

すると、

「ここだ」

と、声がして、スタジオの隅から両腕に佳子を抱き上げたクロロックが現れた。

「佳子ちゃん！　大丈夫か？」

と、三枝が言った。

「ええ。このクロロックさんが、落ちてくる直前に私を抱き上げてくれたんです」

と、佳子が床に立つ。

バタバタと足音がして、

「大丈夫か！」

と、友永がやってきた。

「ここに座ったままだったら、死んでました」

と、佳子は言った。

「しかし……どうしてこんな……」

友永が天井の方へ目をやった。

「生放送です」

と、三枝が言った。

「そうだった。――頼むよ、三枝君」

「いや、ここは局の責任者として、あんたがカメラに向かって話すべきだろう」

と、クロロックが友永に言った。

「なるほど。――では、三枝君、マイクを」

「じゃ、これを」

と、三枝が手持ちのマイクを友永へ渡す。

「――カメラ、ＯＫです」

「では……」

と、咳払いして、友永は、

「視聴者の皆様。Kテレビの取締役をつとめております友永でございます。大変びっくりされたと思いますが――」

それを聞いて、女性の悲鳴が上がった。

「あ、あの声だわ！」

「あの男の声だ」

と、三枝は言った。

「友永さん、これは――」

「音声に手を加えてあるのだ」

と、クロロックが言った。

「友永さんとやら、あんたは内線電話で、この声で〈人生相談〉へかけたのだな」

「馬鹿な！　何を言う！」

友永は明らかにうろたえていた。

「事情を分かっている人間がいる」

と、クロロックは振り返って、

「この女がいなければ、内線電話といってもじかに〈人生相談〉にはつながらない」

そこにはオペレーターの高木久美《たかぎくみ》が立っていた。

「おい、お前――」

と、友永が言いかけるのを、高木久美は遮《さえぎ》って、

「佳子ちゃんを殺すところだったのよ」

と言うと、三枝の方へ向かって、

「私はこの友永の愛人でした。もう何年にもなります」

「久美さん……」

「力を貸してくれと言われて……。あなたを他の局に引き抜かせたら、友永に大金の謝礼が入ることになってたんです」

「何だって？」

「ここで人が死ねば……。三枝さんは責任感の強い人だから、きっと辞めるだろう、と……。でも、こんなことまで……」

「俺じゃない！　こんなことはしない！」

と、友永は必死で弁明した。

「本当だ！　——スタッフを一人、こづかいをやると言って、バタッと倒れる真似をさせることにしていた。死ななくても、救急車を呼んで騒ぎを大きくすれば……」

「この男の言う通りだ」

と、クロロックが肯いて、

「佳子ちゃんを殺そうとしたのは、このスタジオそのものだ」

「何ですって？」

そのとき、天井に張りめぐらされたパイプや器具が一斉に音を立ててガタガタと揺れ始めた。

「いかん！　早くみんなスタジオを出ろ！」

と、クロロックが怒鳴った。

「エリカ！　この子を連れていけ！」

エリカが駆けてくると、佳子をヒョイと抱えて、スタジオの出口へと走った。

「お父さん！　開かない！」

扉が固く閉じてしまっていた。

「待て！」

クロロックが扉へ向かって走ると、

「危ないぞ！　どいていろ！」

全力で扉に向かって「力」を放つ。重い扉が二つに裂けて、バタンと外側へ倒れた。

「早く出ろ！」

みんなが一斉に駆け出す。

クロロックは、呆然としている友永をつまみ上げると、スタジオから放り出して、最後にスタジオを出た。

次の瞬間、天井からあらゆる吊り物が一斉に落下して、激しい火花が飛んだ。

「――やれやれ」

クロロックは肯いて、

「カメラに映ったかな、今の光景は」

と言った。

「何だったんですか？」

佳子は震えながら言った。

「スタジオにこもった、長い間の恨みや憎しみが、あの声にたまたま反応してしまったのだ」

「では、信人さんは……」

「彼は死ぬつもりでいたのだろう。心を病んでいたのではないか？　あのＴＶ放送を見て、君の所で死のうと思いついたのだ」

「じゃ、私のせいじゃなかったんですね」

「もちろんだ。番組に悪い噂を立てるために、その男が考えたことだ」

友永は床に座り込んで、放心したように、

「借金が……。金が必要だったんだ……」

と、呟いていた。

三枝が息をついて、

「さあ！　まだ生放送中だ！」

と言った。

「他のスタジオを用意しろ！　急げ！」

スタッフがあわてて駆け出す。

「――プロだなあ」

と、佳子は感心したように、

「私、卒業したら、やっぱりTV局を受けよう！」

「佳子ちゃん、何してる！　行くぞ」

と、三枝に促されて、

「はい！」

佳子は駆け出した。

見送ったエリカは、

「今の、お母さん、見てたんじゃない？」

「そうか!」

クロロックは青くなって、

「エリカ、お前がどうしても、と私に頼んだことにしてくれ!　頼む!」

「そうね」

エリカは腕組みして、

「やっぱり高級フレンチだわ」

「分かった。——何とか会社の経費にしてやろう」

いささかスケールの小さい吸血鬼なのだった……。

# 吸血鬼の出張手当

# 呼び出し

「ああ、お腹空いた！」

と、橋口《はしぐち》みどりが言った。

「ちょっと、みどり」

と、大月千代子《おおつきちよこ》が呆れて、

「まだこの後、午前中の講義があるのよ。お昼休みじゃないよ」

「分かってるわ、そんなこと」

と、みどりは口を尖らして、

「だからこそ、余計にお腹が空いてるんじゃないの」

「理屈じゃないね、みどりのお腹は」

と、笑ったのは神代《かみしろ》エリカ。

「そりゃそうよ。『理屈』じゃお腹一杯にならないもの」

「あと一時間、辛抱しなさい」

「私、飢え死にする！」

「オーバーね」

――大学名物（？）の、エリカ、千代子、みどりの三人組は、次の講義のある教室へと移動していた。

「エリカ、レポート書いた？」

「心理学の？　半分くらいね」

「あと三日ね。今夜、頑張るか」

と、千代子は言った。

「私は食べてから考える」

と、みどりは言った。

「待って」

エリカが足を止める。

「どうしたの？」

「今、アナウンスが……」

大学内に流れている放送で、

「神代エリカさん。至急ご自宅に連絡してください」

と、二度くり返したのだ。

「何だろ？」

呼び出しまでするとは、よほどのことだ。

エリカはケータイの電源を入れた。大学では昼休み以外、切っている。

「お母さんからかかってる。三回も」

エリカは急いで母、涼子《りょうこ》のケータイへかけた。母といっても、涼子はフォン・クロロックの後妻で、エリカより一つ年下。

「あ、もしもし？　今、呼び出しの放送聞いて。どうしたの？」

と訊《き》くと、

「すぐ帰ってきて！」

と、涼子が迫力満点の声で言った。

「何かあったの？」

「ともかく、五分以内に帰ってきて！」

と、無茶苦茶を言って、切ってしまう。

「五分じゃ無理よ」

と、エリカは呟いて、

「ごめん！　急いで帰らないと」

と、他の二人に言って駆け出したのである。


「ただいま！」

エリカは息を弾ませながら玄関を入ると、

「お母さん！　どうしたの？」

居間へ入って、エリカは立ちすくんだ。

床一杯に、エリカの洋服やら下着やらが散らばっている。

「空巣？」

「あら、早かったのね」

と、涼子が入ってくる。

「五分で帰れなんて言うから」

「言葉の綾《あや》よ」

「でも——。どうしたの、この様子？」

「急いでスーツケースに入れられるように、出しといたの」

「スーツケース？」

「パスポート、持ってるわね」

「持ってるけど……」

「今夜の飛行機で発つの。すぐ詰めてね」

と、涼子は言った。

「ちょっと——ちょっと待ってよ！」

エリカは焦って、

「飛行機で、パスポートって……」

「ドイツへ出張なのよ」

「出張？」

エリカは訊き返して、

「それって——お父さんの話じゃ？」

「もちろんよ。大学生は出張しないでしょ」

「じゃ、どうして私が——」

「ついていって、あの人に」

さっぱり分からない。——ともかく、涼子の話をいろいろ総合すると、フランクフルトで見本市のようなものがあり、エリカの父、フォン・クロロックが社長をつとめる〈クロロック商会〉の親会社の重役が行くことになっていた。

ところが、昨夜その重役が突然発作で倒れ、入院。今日になって、

「代理で、クロロックさんが行ってください」

という連絡が来たのだった。

「あの人ったら、嬉しそうなのよ」

と、涼子は不機嫌な顔で、

「電話で知らせてきた声が、うきうきしてたわ」

「そりゃ、もともと向こうの出身だし。出張ってことは、会社のお金で行けるってことでしょ」

「それにしてもね。——私、女の直感でピンと来たのよ」

「ピンと？」

「きっとあっちに、初恋の女かなんかがいるんだわ。そうに決まってる」

「初恋って……。何百年も前なんじゃないの？」

「ともかく、一人で行かせたら、ろくなことはないわ。だからエリカさんがついてって。あの人をずっと見張ってちょうだい」

「そんな……。お父さん、知ってるの？」

「まだ言ってないけど、いやとは言わせないわ」

涼子は、ともかく夫に対して圧倒的に強い。

「私、大学あるし……」

「家庭崩壊してもいいの？」

「でも……。私の旅費も出張扱いで出るの？」

「出ない」

「じゃ、どうするの？」

「私が立て替えてあげるから、エリカさん、バイトして返して」

「そんなのないよ！」

と、エリカは思わず言った。

「じゃ、私が行くから、エリカさん、虎《とら》ちゃんの面倒、ずっとみててくれる、十日間？」

そう言われると、エリカもそれ以上逆らえなかった……。

「涼子には勝てん」

と、クロロックは言った。

「分かってるけど……」

エリカは欠伸《あくび》をして、

「向こうに行ったら、何してればいいの？」

「そうだな……。町を見物してればよかろう」

気が進まない。——とはいっても、もう遅い。

二人はドイツへ向かう飛行機の中だったのである。

ま、いいか。——エリカは目を閉じて、眠ろうとした。が、なかなか眠くならない。

「ちょっと……」

トイレに行こうと、立って通路を歩いていくと、機体が揺れて、そばの座席の客の肩につかまってしまった。

「ごめんなさい！」

と言うと、

「何だ。——神代さん？」

と、その客が顔を上げる。

「え？　あれ？　田口《たぐち》さん？」

エリカもびっくりした。

「ドイツに行くのかい？」

「ええ。父のお供で。田口さんは？」

田口広一《こういち》はK大の学生。エリカは文化祭のとき、K大の演劇部に協力してもらったことがあり、そのとき来てくれたのが田口だったのである。

「フランクフルトで、演劇のイベントがあってね。K大が招待されたんだ」

「へえ、凄い！　じゃ、一人じゃないんだ」

「部員が五人、先に行ってる。僕はどうしても用事があってね」

「K大は演劇、有名だものね。見られたらいいな」

「向こうへ着かないと、どこでやるのかも分からないんだ。——ケータイ持ってる？」

「ええ」

「じゃ、連絡するよ」

田口は、爽やかな二枚目だ。

エリカは、「何だか、楽しい旅になりそう」と、思い始めていた……。

# 出迎え

クロロックは、迎えに来ていたドイツ人スタッフと握手をして、さすがペラペラのドイツ語で会話している。

エリカは、少し離れて立っていたが——。

「やあ」

田口《たぐち》がスーツケースをガラガラ引っ張りながら出てきた。

フランクフルトの空港である。

「あ、田口さん」

「あれ、君のお父さん？　そうか、君、ハーフなんだな」

と、田口は言って、

「僕の方の迎えは……。どこなんだろ？」

「いないの？」

「何しろ広いからな、ここ」

そう。――確かに、フランクフルトの空港は凄く広い。

しかし、日本からの到着便で出てくるのは何カ所もないはずだ。

「ケータイは？」

「うん、先に着いてるメンバーにかけてるんだけど、通じないんだ」

と、田口が首をかしげる。

すると、

「田口広一《こういち》さん？」

と、声をかけてきたのは、金髪のドイツ人らしい女性で、真っ赤なスーツがよく似合っていた。

「はい」

「私、オルガです。お迎えにあがりました」

きれいな日本語である。エリカを見ると、

「こちらは、お連れの方？」

「私、違います。たまたま知り合いで」

と、エリカは首を振って、

「じゃ、田口さん」

「うん、またね」

田口もホッとした様子で、そのオルガという女性についていった。

「――エリカ、行くぞ」

と、クロロックが言った。

「うん」

「向こうに車が来ているそうだ」

迎えのドイツ人男性について二人は広いロビーを横切っていったが……。

「――今のが、お前の知り合いか」

と、クロロックが言った。

「田口さん？　そう、K大の演劇部でね」

「迎えに来ていた女は何者だ？」

「さあ……。オルガさんとか言ってたけど。こっちの関係者でしょ。どうして？」

「うむ……。何か妙な匂いがしたのでな」

「匂い？　香水か何か？」

「よく分からんが……。ああいう香水はないだろう」

と、クロロックは言って、肩をすくめると、

「ま、人は様々だ」

二人をワゴン車が待っていた。

スーツケースを乗せて、二人はその車でホテルへと向かった。

「あ、田口さんだ」

空港から出る道で、並んで走っている赤いスポーツカーがあって、助手席に田口が座っていた。運転しているのは、あのオルガという女性だ。

田口の方はエリカに気づいていない。

スポーツカーは一気に加速して、先へ行ってしまった。

「ホテルまで三十分と言っとる」

クロロックが、迎えの男性のドイツ語を通訳した。

「――あれ？」

エリカは首をかしげた。

「どうした」

「ううん、別に……」

確かに、あの赤いスポーツカーが前方のトラックの間にチラッと見えていたのに……。

不意に見えなくなってしまったのだ。

エリカたちの車はトラックを追い越した。でも――あのスポーツカーは、どこにも見当たらない。

どこへ行ったんだろ？

でも――まあ、たまたま他の車のかげになったのか、それとも、脇道があって、そこへ入っていったのか。

気にするほどのことじゃない。そうよ。

――エリカは、車に揺られているうち、ついウトウトしてしまっていた。すると――。

いきなり、田口の顔が現れて、

「助けてくれ！」

と叫んだ。

「エリカ！　助けてくれ！」

ハッと目が覚める。

「ホテルだ」

と、クロロックが言った。

「――どうかしたか」

「別に……。夢を見たの。何だかショックな夢だった……」

エリカは車を降りた。ホテルのポーターがスーツケースを運んでくれ、案内してくれたドイツ人がチェックインの手続きをして……。

エリカとクロロックはロビーのソファで座っていた。

クロロックは渡された資料を見ていたが、

「今夜はレセプションがある。お前も出ておいた方がいい」

「え？　私、何するの。そんなところで」

「このスケジュールを見ると、ともかく予定がびっしりだ。特に私でなくていいような会合には、お前が代理で出てくれ」

「待ってよ！　仕事の話なんか全然分かんないよ」

「大丈夫だ。いざとなったら、居眠りしてるふりをしとけ」

無責任なんだから、全く！

「でも――レセプションって、どこで？」

「このホテルの宴会場らしいな」

「盛装じゃないの？　私、そんな服、持ってきてないよ」

「そういうことがあったな」

と、クロロックが肯《うなず》いて、

「では、部屋に入ったら、着る物を買いに行こう」

「そんな……。おこづかいから差し引くなんて言わないかしら、涼子《りようこ》さん」

「何とか、社の必要経費にする」

クロロックも、支出に関してはかなりシビアである……。

部屋は広いジュニアスイートで、三人ぐらい楽に寝られそうなベッドが二つ並んでいた。

一旦、洋服などを、しわにならないように取り出してクローゼットにしまうと、二人は早速出かけることにした。

ホテルのコンシェルジュに、夜会服などを扱っている店を訊《き》いて、幸いすぐ近くだったので、ホテルを出た。

「――ここだ」

すぐに分かったが、ショーウインドウのディスプレイは、およそエリカのような体型ではなかった。

もちろん、ヨーロッパの女性だって、みんながモデルみたいではないわけで、店に入ると、中年の女性店員が、すぐにエリカに合いそうなドレスをいくつも取り出してきてくれた。

約一時間、エリカはほとんど着せ替え人形状態で、ドレスや靴、バッグまで、「あれにはこれ」「これにはあっち」と、鏡とにらめっこが続いた……。

「ダンケシェーン」

クロロックがカードで支払うと、ともかく一段落。エリカはホッと息をついて、椅子にかけた。

「ああ、くたびれた！」

「お前でもくたびれるのか」

「どういう意味よ！」

「いや、女は買い物していれば疲れないと思っとった」

まあ、それはそうだけど……。こんなふうに着たり脱いだりをくり返していたら、疲れないわけがない。

カードの支払いに手間取っている間、エリカはテーブルに置いてあった新聞を手に取った。もちろんドイツ語なのでさっぱり分からない。

何となく眺めていると、一人の女の写真が目にとまった。――どうも、あまりいい印象ではない。

「お父さん、これ、どういう記事?」

と、クロロックに見せると、

「うむ……。手配写真だな」

「手配? 何の?」

「国際手配されている強盗団の首領だそうだ」

「首領? こんなに若くて?」

「二十……七、八だそうだ。本名は不明だが、通称〈死神〉と呼ばれている、と書いてある」

「〈死神〉……。へえ」

「どうやら中東に潜伏していたのが、ドイツへ入国したらしいとある」

「そう……。何だか……」

「どうした？」

「どこかで見たことがあるような気がして」

と、エリカは首をかしげたが——。

女店員が、買ったドレスや靴、バッグなどを大きな袋に入れて持ってきた。

クロロックはカード伝票にサインして、

「さて、ホテルへ戻るか。レセプションは八時からだ。何か少し食べておいた方がよかろう」

「そうね」

機内食は食べたものの、味は今ひとつ。

二人はホテルに戻って、軽い食事のできるカフェに入った。

明るい金髪のウエイトレスが二人のテーブルへ来て、オーダーを取っていった。

——こういう場所にピタリとはまるのは、さすがにクロロック。

エリカは何となく、カフェの中を見回していたが――。

「お父さん」

「どうした？　腹が空いたか」

「そうじゃないよ！　さっきの〈死神〉って写真の女……」

「どうした？」

「空港に田口さんを迎えに来た女性と似てない？」

と、エリカは言った。

「今のウエイトレスさんが金髪だったんで、ふっと思ったんだけど」

「どうかな」

クロロックはウエイトレスを呼んで、新聞を持ってこさせた。あの写真を見つけると、

「写真は黒い髪だな」

「うん。だから、さっき見たときは思わなかったけど……」

「髪の色を変えるぐらいは、たやすいからな」

クロロックは写真を眺めて、

「あのとき、そうじっくり見ていなかったからな……」

「金髪にすれば、よく似てると思うよ」

「そうだ。あの女に妙な匂いを感じた」

「言ってたね。何の匂い？」

「うむ……。ここに入って、思いついた」

「ここって……。カフェに？」

「料理の匂いでな。羊の肉の匂いだ」

「羊？」

「肉といえば羊を主に食べる国もある。羊の独特の匂いが体にしみつくことがあるのだ」

「もし、あれがこの女だったら……」

と、エリカは言った。

「お前の知り合いは、狙われるような覚えがあるのか？」

「ない——と思うけど」

エリカは、ホテルへ向かう車の中で見た、あの夢のことを父に話した。

「——あんな夢、初めて見た」

「そうか。もしかすると、田口というその学生、何か人より強い霊感を持っているのかもしれんな」

「じゃ、本当に助けを求めてる？」

「そうと決まったわけではない。——連絡はつかないのか」

「ケータイにかけてるけど、つながらない」

と、エリカは言って、ケータイを取り出すと、田口のケータイにかけてみた。

「出ないんだよね。——あ、つながった！」

呼び出し音が聞こえた。しばらくそれが続いて、

「出ないかな……」

と呟くと、

「もしもし」

「あ、田口さん？　神代《かみしろ》エリカです」

と、思わず声が大きくなる。

「ああ、どうも。――ちょうど良かった」

「え？」

「こっちからかけようと思ってたんだ」

「私に？」

「うん。今、今度の芝居の稽古をしてるんだけどね。どうしても女の子が一人足りない。難しい役じゃないんだ。君、出てくれないか」

エリカもさすがに目を丸くした。

「そんな！　無理ですよ！」

「いや、君はハーフだし、今度の舞台にぴったりだと思う」

「見た目だけじゃ……」

「ともかく一度こっちへ来てくれないか」

と、田口は言った。

「どこですか?」

「迎えに行くよ、明日の朝。九時でどうだろう?」

「あ……。でも――」

「じゃ、頼むね。よろしく」

「田口さん! もしもし」

切れてしまった。

「どういうことかな」

と、クロロックは首をかしげた。

「いつもの田口さんじゃない気がする」

と、エリカは言った。

「あんなふうに、人の都合も考えないで……。田口さんらしくない」

エリカは、どうにもスッキリしない気分だったが――。

サンドイッチが来ると、すぐにつまんで食べ始めたのだった……。

# 夜　会

大人だ……。

エリカは、レセプションの会場へ入って、いささか後悔した。

シャンパンのグラスを手に談笑している男女は、どう見てもエリカよりずっと年上で、こういう場所に慣れているようだった。

「私、場違いじゃない?」

と、エリカは言った。

「心配するな。みんな当たりさわりのない話をしているだけだ」

「でも……」

「お前も英語はできるだろう」

「少しはね」

「堂々としてればいい。――おお、ハロー！」

クロロックが知り合いらしい紳士と握手をした。

エリカは仕方なく手近なサンドイッチなどつまんでいたが――。

「失礼」

と、日本語で話しかけられた。

「え？」

振り向くと、三つ揃いのスーツの、見るからに「エリート」という感じの男性が立っている。

「クロロックさんと一緒ですか？」

「娘のエリカです」

「ああ、これは……」

と、男は名刺を取り出して、

「僕は正木《まさき》治《おさむ》。こちらの日本大使館の者です」

「はぁ……。私、ただ父についてきたものですから」

「K大の田口《たぐち》君と知り合いとか？」

エリカはちょっとびっくりして、

「ええ。ご存知ですか？」

「今度の〈演劇フェスティバル〉に大使館としても後援していますのでね」

「そういうことですか」

「田口君からあなたの話を聞きました」

「田口さん、どこのホテルに？」

「ホテル？　いや、彼は他のメンバーと一緒にフランクフルトの郊外にあるお城に泊まっていますよ」

「お城？」

「そこの持ち主が、今回のフェスティバルのパトロンでね。城中には小さな劇場もあって、そこでもいくつかの劇団が公演します」

「そうですか……」

と、エリカは肯《うなず》いて、

「実は田口さんから、芝居に出てくれって言われて……」

と説明すると、

「でも、私は父の手伝いをしなきゃならないんです。田口さんに連絡していただけませんか」

と言った。

「なるほど。田口君も、芝居のことしか頭にないですからね」

と、正木は笑って、

「分かりました。城へ電話しておきましょう。あそこは深い谷があるので、ケータイはつながりにくい」

「お願いします」

と、エリカは微笑んだ。

正木が他の客の方へ行ってしまうと、クロロックが戻ってきた。

「どうした？　今話していたのは？」

「この人」

と、エリカは正木の名刺をクロロックに渡した。

「——ふむ」

「分かる？」

「もちろんだ」

と、クロロックは肯いて、

「この名刺、あの女と同じ匂いがしておるな」

「やっぱり？」

「ちょっと待っていろ」

クロロックが素早く姿を消した。

そして五、六分で戻ってくると、

「今、今度の見本市に係わっている大使館の人間に訊いた」

「何を？」

「この〈正木治〉という男、確かに以前は大使館員だったそうだが、一年前に辞めさせられている」

「じゃあ……」

エリカは愕然として、

「田口さんはどうしたんだろ」

「正木という男を捜そう。話した方が良さそうだ」

しかし、レセプションはともかく人が多く、少し捜したものの、正木の姿はなかった。

「——先ほどは」

クロロックは、正木のことを訊いた大使館員を見つけると、

「正木という人は、なぜ大使館を辞めたのですか？」

と訊いた。

山田《やまだ》という、かなり太めの大使館員は、

「それはまあ……いろいろありまして」

と、口ごもった。

「このレセプションに出席しておるのですぞ。きっと何か目的あってのことでしょう。何か起こってからでは遅いのでは？」

クロロックの言葉に、山田は汗を拭《ぬぐ》うと、

「それは確かに」

と肯くと、

「実は――これは外部に洩らしてはならないことになっているのですが……」

「我々親子は口が堅いことで世界的に有名なのです」

オーバーに言うにもほどがある！

「どうも――正木は妙な宗教にはまってしまったらしくて」

「宗教？」

「よく分からないのですが、ある日から、ガラッと人が変わったようでした。大使館の人間を次々に集会に誘い始めたんです」

「それは問題ですな」

と、クロロックは眉をひそめた。

「もちろん、そんな行為は禁じられておりますので、厳しく叱ったら、辞めてしまった、というわけで」

と、山田は言って、

「どうかこの話はご内聞に」

と、念を押した。

「今、正木さんという人はどこにお住まいか分かりますか?」

と、エリカは訊いたが、

「いや、それはさっぱり……」

と、山田は首をかしげるばかりだった。

「もう一つ伺《うかが》いたいんですが」

と、エリカは言った。

「今度の演劇フェスティバル、大使館の方はどなたか係わっておられるんですか?」

「ええ、山崎《やまざき》大使ご本人が」

と、山田は肯いて、

「ご当人が元演劇部員だったとかで、ともかく大好きなんです。K大が招待されたのも、大使の意向で」

「そうですか……」

「あさっての初日の公演には大使も出席されます」

「あさって……。どこで公演が？」

「市内のホールです。千人くらい入る大きなホールで。たぶん首相や要人も何人かおいでになると思います」

「そうですか」

――父と二人になると、エリカは、

「何かありそうな気がする」

と言った。

「うむ。しかし、千人も人が入っているとなると、目が届かんな。お前一人では」

「お父さん、力を貸してよ！　いいでしょ？」

「しかし……。私は〈クロロック商会〉社長として来ておるのだぞ」

「だって、それどころじゃないでしょ、そんなVIPのいる場で何かあったら」

「それはそうだが……。何もなかったら、私は社長をクビになるかもしれん」

「いいじゃない。ドイツで何してるかなんて、分かりゃしないわよ」

と、エリカはいい加減なことを言った……。

# フェスティバル

見本市がスタートし、会場になった広大なスペースには様々な国の人々が溢れた。

クロロックは、語学の能力と、人当たりの良さで、役目をこなしていた。「人当たりのいい吸血鬼」というのも珍しいかもしれない……。

二日目、演劇フェスティバルの初日で、エリカはクロロックと昼食を摂《と》った。

見本市会場の中の食堂で、セルフサービスだが明るくて洒落ている。

「公演は何時からだ？」

と、クロロックが訊いた。

「七時。ドイツの役者たちが中心だけど、劇中劇で、参加国の人が何人か出るって。その中に田口《たぐち》さんも」

「私は五時までは動けんな。いろいろもてて困っておる」

「お母さんが聞いたら誤解するよ」

と、エリカは苦笑した。

そこへ、

「やあ！　クロロックさん！」

と、やってきたのは大使館の山田《やまだ》である。

「ああ、どうも」

「山崎《やまざき》大使です。ぜひご紹介したいと思いまして」

頭は薄くなっているが、若々しい印象の紳士だった。

「山崎です」

と、クロロックと握手をして、

「いや、すばらしい衣裳ですな！」

と、マント姿に感激した様子。

「いや、別に衣裳というわけでは……」

「しかも身についておられる！　うん、まるで何百年もそのスタイルを通してこられたかのようだ」

演劇大好き人間のせいか、言うことがオーバーだが、まさか本当に「何百年」もたっているとは思うまい。

「今夜の演劇フェスティバルにはぜひご参加ください！」

「何《うかが》うつもりですが、何しろ当見本市の方で用事が……」

「見本市は明日もある！　演劇フェスティバルの初日イベントは今夜だけです！

おい、山田君」

「はあ」

「クロロックさんを特別招待の枠に入れておけ」

「分かりました」

「ここのスタッフに伝えておけ。クロロック氏は時差ボケのため就寝中だとな」

エリカは呆れた。自分と父も相当無茶だが、この大使も負けていない！

しかし、その点はありがたかった。

「時に――」

と、クロロックが言った。

「TVのニュースで見ましたが、〈死神〉のあだ名で呼ばれている女というのは見つかったのですか?」

「あれですか」

山崎は眉をひそめて、

「いや、行方を追っているのですが……」

「ご心配のようだが、ご存知なのかな?」

「鋭いですな。――〈死神〉などという名で呼ばれているが、以前はごく普通の少女だったのです」

「知り合いだったんですか?」

と、エリカが訊いた。

山崎は肯《うなず》いて、

「私が初めてドイツへやってきたとき、あの子は同じアパートに住んでいました。

東ヨーロッパから移住してきた一家で、父親はなかなか仕事が見つからなかったが、それでも母親と、三人の子供で仲良く暮らしていたのです」

「何があったのですか？」

「父親が、職場の仲間から『いいアルバイトがある』と誘われて、軽い気持ちで引き受けたのが、実は麻薬の運び屋でした。一度やってしまうと抜けられず、三カ月続けたとき……。アパートが他の組織に襲われ、あのオルガを除いて一家は皆殺しになってしまったのです」

オルガ……。やはりあの女か。

「命拾いしたオルガは、一旦警察に保護されましたが、自分で脱走、姿をくらましてしまいました……」

山崎は首を振って、

「次に私がオルガを知ったのは、ギャング組織の幹部としてでした」

クロロックは肯いて、

「家族を殺されて、力こそすべて、と思うようになったのでしょうな」

「おっしゃる通りだと思います」

「山崎さん」

と、エリカは言った。

「そのオルガという人が、K大の田口さんを迎えに来ていたのです」

山崎が愕然とした。


「警備は充分だと言っておる」

と、クロロックは言った。

「でも万一のことが……」

「我々の口を出せることではない」

と、クロロックは演劇フェスティバルの会場を見上げて言った。

モダンなデザインのホールで、もう人々が集まり始めている。

「田口さんを捜してみるわ」

「うむ、用心しろ」

エリカたちは会場の中へ入るパスをもらっていた。ホールのロビーに入ると、出演者たちの楽屋を捜した。が、ともかくドイツ語しか分からないスタッフが多く、なかなか分からない。

「――エリカさん」

と、山田が足早にやってきた。

「あ、良かった！　楽屋はどこなんですか？」

「出演者が多いので、いつもの楽屋では足らないようです。地階に小ホールがあって、そこが楽屋として使われているようですね」

「行ってみます。田口さんがいれば……」

「案内しますよ。こっちです」

山田について、らせん状の階段を下りていく。

黒いタイツに顔を真っ白に塗ったグループがロビーで体操らしいものをしている。

「これが小ホールです」

山田が重い扉を開けた。

中へ入って、エリカは啞然とした。

何十人——いや百人を超える役者があちこちで支度をしているが、どれも奇抜な衣裳にメイク、ヘアスタイルで、どれが日本人やら分からないのだ。

名前を呼ぼうにも、みんなセリフの練習をしていて、その声が小ホールに響き渡っている。呼んでも、とても聞こえまい。

いつの間にか山田の姿も見えなくなっていた。エリカはともかく小ホールの中をキョロキョロしながら歩いていったが……。

ふと足を止めた。——この匂い。

あのオルガや正木《まさき》という男の名刺の匂いによく似ている。

すれ違った男は、派手なドレスで女装していたが、正木らしく見えた。

エリカはその後を追っていった。

その男は小ホールの外へ出ると、細い通路へ入っていった。

エリカがそこを覗くと——。

「来てくれたね」

という声にびっくりして振り向く。

「田口さん？」

死神の仮面がエリカを見つめていた。

「君の衣裳が用意してある」

「田口さん、待って――」

「君が言う通りにしないと、K大の仲間は殺される」

「――何ですって？」

「君も一緒に舞台に出るんだ」

エリカは、それが田口の声ではあるが、話し方が平板で普通でないことに気づいた。

「田口さん！　しっかりして！」

と、田口の腕をつかんだが、

「むだよ」

と、声がした。

振り向くと、あのオルガという女が、華やかなドレスで立っていた。

「田口さんに何をしたの？」

「ちょっと薬を射っただけよ」

と、オルガは言った。

「十二時間は自分に戻ることはないわ。それだけあれば充分」

「何をするつもり？」

「あなたの知ったことじゃないわ。田口さんの言った通り、K大の学生たちはいつでも殺せるのよ。あなたが言う通りにしなければね」

K大の学生たちがどこにいるのかも分からないのだ。冷ややかなオルガの目は、これが脅しではないと語っていた……。

「——分かったわ。私に何をしろっていうの？」

と、エリカは言った。

「シュタイン首相の到着です」

と、英語のアナウンスがあって、千人の観客から一斉に拍手が起こった。

四十代のシュタイン首相は、十歳の息子の母親でもある。

息子もタキシード姿で首相の後ろについてきていた。

首相が席につくと、すぐ幕が上がって、様々な衣裳の出演者たちが音楽に合わせて踊り始める。客席はすぐ手拍子で溢れた。

――クロロックは隣の空《あ》いた席をチラッと見た。むろんエリカの席だ。

一旦音楽が止《や》むと、大きな拍手の中、出演者たちの中から、美しいドレスの女性が進み出た。

クロロックの隣で、山崎大使が息を呑んだ。

「オルガだ！」

と、愕然として、

「どうして警備に引っかからなかったんだ！」

オルガは会場を見渡して、

「皆さん」

と、英語で言った。

「私は〈死神〉のあだ名で呼ばれているオルガです」

当惑の空気が広がった。何かのジョークかと思っているのだろう。

「席を立たないでください」

と、オルガは続けて、

「このホールの屋根を支えている支柱には強力な爆弾が仕掛けられています。一人でも動けば、爆発させます。ホールの天井が落下して、大勢の死者が出るでしょう」

ホールは静まり返った。

「一時間以内に、私の指定する銀行口座に十億米ドルを振り込ませてください。さもないと、首相を始め、VIPがたくさん死ぬことになりますよ。ケータイは使えます。相談、指示はケータイでどうぞ」

と、オルガは微笑んで、

「ホールの扉はすべて閉まっています。SP、ガードマンなどは、私の部下と入れ替わっていますから、救助を期待してもむだです」

オルガは腕時計を見て、

「あと五十九分です」

と言った。

「――どうしよう」

と、山崎が青ざめている。

「山田という人は？」

と、クロロックが訊いた。

「え？　――そういえば席にいません」

「おそらく、オルガを手引きしたのは山田でしょう」

「山田が……」

「エリカが戻っていない。おそらく連中の中にいるのでしょう」

「しかし、あの参加者が全員、オルガの仲間？」

「薬のせいでしょうな。動きが妙に揃っている。日本人は揃えるのが好きだが、こちらは各自、バラバラに動くのが自然だ」

「確かに。——ではエリカさんも？」

「いや……。たぶんあれは何か考えていると思いますな」

突然、一人の男が立ち上がると、何か怒鳴って、扉の方へ歩きだした。

すると——オルガのそばにいた男が拳銃を取り出し、その男の背中を狙った。

「やめて！」

エリカが叫んだ。

銃弾が発射され、男は肩を撃たれて倒れた。

「田口だ」

と、山崎が啞然とした。

「あの衣裳がエリカか。似合っとらん」

クロロックは、ウェディングドレスを着たエリカを見て言った。

「次は射殺するわよ」

と、オルガが言った。

「田口さん、いいわね。その娘を撃って」

オルガはエリカを指さした。

「邪魔しようとすれば、容赦しない」

田口が銃口をエリカへ向けた。

「ごめん」

と言ったのは——なぜかエリカだった。

次の瞬間、田口は銃口を自分の脇腹へ向けて引き金を引いたのだ。血がふき出し、田口は悲鳴を上げて倒れた。

「田口さん！」

オルガが愕然として、一瞬動けなかった。

その一瞬の空白に、クロロックは座席から飛び上がると、舞台に向かって駆けた。

「爆破してやる！」

と、オルガがリモコンを手にする。

クロロックの「力」が、天井の熱感知器へと飛んだ。高熱を感知すると、スプリンクラーが一斉に作動して、ホール内は降りかかる水しぶきで真っ白になった。

「田口さん！」

と、エリカが抱き起こす。

激痛が田口を薬の効果から解き放った。

「爆弾は——一カ所だけだ」

オルガは水の勢いでよろけ、リモコンを取り落とした。

そして、人をかき分けるとステージの袖へと走っていった。

「お父さん！」

「あの女を追え。山田も共犯だ」

エリカはウェディングドレスの裾をつまみ上げると全力で駆け出した。

「あれでは当分結婚できんな」

と、クロロックは言った……。

オルガは駐車場へと駆けてきた。

「車を出して！」

待っていた山田へ言ったが、山田は、

「もうだめだ！」

と叫んで逃げていってしまった。

オルガは舌打ちして車に乗り込んだ。

爆弾を仕掛けたのは、K大生やここのガードマンなどを閉じこめた倉庫だけだった。他ははったりだったが、一時間のうちに金が手に入ればそれで良かったのだ。

しかし、あの妙な父娘《おやこ》のせいですべて台なしになった。

エンジンをかけ、車を出すと——前方に男が一人、飛び出してきた。

山崎大使？　なぜ大使が？

「オルガ！　山崎だ！　昔、同じアパートにいた山崎だ！」

と、両手を広げて、

「思い出してくれ！」

山崎？　——あの山崎が大使だったのか？

「オルガ！　やり直せる！　まだ君はやり直せる！」

やり直す？　とんでもない！　パパもママも死んでしまったんだ。今さらやり直したって生き返りはしない。

「どいて！」

と、オルガは叫んだ。

「ひき殺すよ！」

しかし山崎は動かなかった。

オルガはアクセルを踏んだ。山崎に向かって真っ直ぐに突っ込んでいき——。

車は山崎にぶつかる直前、急カーブを切って、横転した。

洩れたオイルが炎を上げ始める。山崎が駆け寄って、車からオルガを引っ張り出した。

数秒後、車は炎に包まれていた。

手足から血を流しながら、オルガは、

「どうして……放っておかないの……」

と言った。

「君だって、ハンドルを切った」

と、山崎は言った。

「私が？　――私がハンドルを切った？」

オルガは愕然とした。本当に？　でも、確かに車は山崎をよけた。

「すぐ救急車が来る」

と、山崎はオルガの肩を抱いた。

――エリカは、その二人を、少し離れて見ていた。

車をカーブさせたのはエリカの力だったが、オルガが「自分でよけた」と思っているならそれでいい……。

――パトカーが次々にホールへ向かって走ってきた。

「豪勢だ」

と、エリカはご機嫌だった。

帰りのフライトはファーストクラスだった。

ドイツ政府が出してくれたのである。

見本市も何とか無事に終わって、二人で帰国するところだ。

「羊の肉にするか」

クロロックがファーストクラス用の食事のメニューを見ながら言った。

「私はやめとくわ」

オルガたちは、羊の肉が安いので、計画に金をかけるため毎日羊を食べていたのだった。

正木と山田は逃亡したが、国境近くの林の中で射殺されていた。

田口はフランクフルトの病院に入って手当てを受けている。

「ねえ」

と、エリカは言った。

「あんな思いしたんだから、私も出張手当もらってもいいんじゃない？」

「それは無理だろう」

「どうして？」

「涼子《りようこ》から今朝電話があった。帰りはファーストクラスをドイツ政府が持ってくれた、と言ったら、『あなただけファーストクラスで、エリカさんはエコノミーでいいわよ。若いんだから』と言った。そして『差額を現金でもらってらっしゃい！』と……」

エリカはそれを聞いて、

「出張手当は諦めるわ」

と言った。

「成田《なりた》から――電車で帰る？」

# 解説

深川麻衣

ミステリーが好きです。

小説でも、映画でも、色々なジャンルがある中でミステリー作品は特に好んでチェックしてしまいます。

物語に隠されている謎や犯人を一緒に推理したり想像したりする過程も楽しいし、自分の予想を大きく裏切られる展開になっても、うわぁ〜、そうきたかぁ〜、とドキドキします。

物語の最後に解き明かされる結末には、それぞれの理由や動機があって、例えその動機に自分が共感できてもできなくても、そこに至るまでには人間ドラマや人生というものが詰まっていて、深く考えさせられるところも魅力の一つだと思います。作品によってその余韻も様々で、ミステリーというジャンルはテンプレートのようで一筋縄ではいかない面白さや奥深さがあると感じます。

さかのぼってみると、私が人生で初めて読んだミステリー小説が、赤川次郎さんの「三毛猫ホームズ」シリーズでした。

これは全国共通なのかは分からないのですが、私が通っていた中学校では、毎日一時間目の授業の前に「朝読書」という本を読むための時間が設けられていました。確か時間は十五分程度で、その時間、生徒達は各々《おのおの》自分で選んで持ってきた好きな本を読みます。

その朝読書で何を読もうかなと探していたとき、母が元々赤川さんの作品が好きで、家の本棚に並んでいた「三毛猫ホームズ」シリーズを見つけて手に取ったのがきっかけでした。

赤川さんが綴《つづ》る物語は、明瞭で大胆でユーモアがあり、どこかあたたかい。中学生だった私にも読みやすく、それまで抱いていた「ミステリー小説＝ちょっと難しそう」という固定観念は吹き飛び、不思議なほどするすると読むことができました。この後どうなるの？　と続きが気になってページを捲《めく》る手が止まらず、あっという間に赤川作品の魅力にはまっていきました。

これは最近知ったことなのですが、なんと祖母も赤川さんの作品のファンだったのです！

祖母がミステリー小説好きなことは知っていたのですが、まさか親子三代でとは……。私は母をきっかけに赤川さんの作品と出会いましたが、同様に母は祖母をきっかけに出会っていました。全然おかしいことではないのですが、それを知ったときは驚いて笑ってしまいました。

それと同時に、それだけ長い間作品を生み出し続け、私達に届けてくださる赤川さんの凄さを改めて実感しました。

実は今回、『路地裏の吸血鬼』巻末解説文のお話をいただいたときは、少し尻込みをしてしまったんです。とても光栄なお話なのですが、恥ずかしながらこの「吸血鬼はお年ごろ」シリーズは未読でした。なので失礼に当たらないだろうか、私に務まるだろうか？　と少し悩んだのですが、今回のお話をきっかけにシリーズの入り口に足を踏み入れることができることに大変感謝しながら、気張らず、素直に作品の好きなところをお話しできたらと思います。

まず驚いたのが、現時点でこの「吸血鬼はお年ごろ」シリーズは四十二冊出版されているということ。「三毛猫ホームズ」シリーズと同じぐらい長く愛され続けていて、一九八一年から、ほぼ一年に一冊のペース。本当に凄いです……。

どこから読み始めるか迷いつつ、まずは第一作目から最初の三冊『吸血鬼はお年ごろ』、『吸血鬼株式会社』、『吸血鬼よ故郷を見よ』を手に取り、その後は間が少し飛び飛びになってしまいますが、この『路地裏の吸血鬼』を含めて気になった八冊を選んで読んでみました。

読み始めると夢中になり、一気に読んでしまいました。

何と言っても、物語を進めていく登場人物みんなが個性的で魅力的。

今まで私が別の作品から受けてきた「吸血鬼」のイメージは、日光を恐れて棺や闇の中で生活し、人間の血を糧《かて》にして、群れることはせず孤独に生きている。そして十字架が苦手。作中の言葉を借りれば「吸血鬼映画の見過ぎだ」と言われてしまいそうな、まさにそんなイメージを持っていました。

でもクロロックさんは、そんな吸血鬼のイメージを大きく変える吸血鬼。メロドラマが大好きで、愛妻家で妻の涼子《りょうこ》さんと息子の虎《とら》ちゃんを溺愛し、現在はクロロック商会の社長でありながら、多くはないお小遣いをやりくりして地に足をつけて生活している……。とてもチャーミングで親近感すら与えてくれる、強く優しい紳士的な吸血鬼です。

そしてヒロインのエリカは、吸血鬼の父クロロックと日本人女性との間に生まれた女の子。美しく冷静で、どこか飄々としているところもあり、いつも前向きで逞《たくま》しい。目の前に助けを求めている人が現れれば、一人でも迷わず飛び出していく強さはとてもかっこよくて憧れます。

そしてエリカの友達の、千代子《ちよこ》とみどり。

高校生の時からいつも一緒の三人。コミカルな掛け合いは読んでいても和《なご》む大好きなパートです。そして三人で集まれば必ずといっていいほど美味しそうなものを食べているので、その描写を読んでいると、私もみどりのようにお腹が空いてしまいます（笑）。

三人を見ていると、友情っていいなと思います。

読めば読むほど、不思議とこの登場人物達が自分の身近にいるような、昔から知っているような懐かしさすら覚える存在になっていくのです。

あと読みながら感じたのは、緊張感とユーモアの絶妙なバランスの気持ちよさ。ピンと糸が張るような緊迫感のあるシーンでは、読んでいる自分の周りの時間も止まっている感覚になるほどヒヤリとして、でも次の瞬間にはクロロック達の会話の中でのユーモアにふふっとほぐれたり。

中途半端がないというか、例えば残酷な描写はしっかりと残酷なのですが、コミカルなところはとことんコミカル。それなのに話の方向性は散らばることなくしっかりとまとまりながら、読み手を気持ちよく揺さぶり、最後まで誘導してくれます。赤川さんの幅の広さだからこそ成せる業《わざ》、塩梅《あんばい》なのではないかと思います。

たまに作中にひっそり（著者）と登場する、赤川さんのぼやきのような独り言も、思わず笑ってしまう好きな注目ポイントです。

そして物語の核となる、個性強めの登場人物達に負けないぐらい個性豊かな事件の数々。

読み始めると、「え、どういうこと？　何が起きてるの？」とその奇想天外な事件に一気にのめり込んでしまいます。

吸血鬼シリーズは今現在で四十二冊が出版されていると先ほど書きましたが、そのほとんどが一冊につき三作のオムニバスで構成されています。ということは作数で言うと、約百二十作もの事件が描かれてきたということ。更に他のシリーズや作品も入れたら数えきれないほど……！

こんなにも長い間、どの作品とも被らず、面白くインパクトがある事件のアイデアを考え続けられるなんて……。一体赤川さんの引き出しはどれだけあるんだろう？　頭の中はどうなっているの？　と覗いてみたくなります。

そして本作の『路地裏の吸血鬼』も、オリジナリティ溢れる事件が三本。（以下ネタバレを含みますので、もしまだ本編を読んでいない方がいましたらご注意ください）

まずは、本のタイトルにもなっている「路地裏の吸血鬼」。

道に迷ってしまったと思ったら、突然目の前にドアが現れて、入ってみるとそこには自分が夢見ていたものが広がっている。まるで夢見心地ですが、目が覚めたらそこは本当の悪夢です……。

冒頭で迷い込んでしまった峰岸《みねぎし》は、そこで命を落としてしまいます。その後、峰岸と同僚だったエリがクロロック達と偶然出会うところから物語が展開していきます。

峰岸は何もかもうまくいかず自暴自棄になっていたけれど、実は本人が気づいていなかっただけで、峰岸を想ってくれている人がこんなに近くにいた——というところが切なかったです。生きている時に分かっていたら、何か変わっていたのかなぁ……と考えずにはいられませんでした。

次に、「吸血鬼の人生相談所」。

こちらは全く予想していなかった結末に驚きました。自分の欲の為に人を巻き込む黒幕は出てくるのですが、それだけではなく、長年の恨みや憎しみがしみついた「建物」が共鳴していたとは……。

私自身はそういう経験はないものの、人の思いが年月をかけてその場所にしみこんでいく、というのは本当にあるのではないかと思っています。赤川さんがこのお話を思いついた経緯を、ぜひ聞いてみたいなぁと思いました。

エリカの同級生、佳子《けいこ》は今回大変な目に遭いましたが、最後に「やっぱりテレビの仕事がしたい！」と宣言した逞しさが素敵でした。

そして最後は、「吸血鬼の出張手当」。

舞台はクロロックの出張先のドイツになり、スケールが広がります。

犯人は吸血族？　どうやって解決するんだろう？　と想像しながら読んでいたのですが、最後にはちょっと心が温かくなる人間ドラマが待っていました。

オルガは〈死神〉と呼ばれる強盗団の首領で、世間から見たら絶対的な「悪」なのですが、そうなってしまった背景にはとても悲しい過去があった。悪を悪だけで描くのではなく、その過程や経緯に目を向けられるストーリーにじーんとしました。

ここ最近、仕事で本を読むこと以外は活字から離れつつあったので、久しぶりに赤川さんワールドにどっぷりと浸かることができて本当に楽しかったです。

そして、まだ読めていない「吸血鬼はお年ごろ」シリーズ残り約三十冊も、これから順番に読んでいこうという楽しみができました。

中学生のときから大人になった今も変わらず、本を通してときめきや楽しさ、素敵な読書体験を与えてくれる赤川さん。

これからも赤川さんが生み出していく物語を、楽しみにしています。

（ふかがわ・まい／俳優）

この作品は二〇一四年七月、集英社コバルト文庫より刊行されました。

S 集英社文庫

路地裏《ろじうら》の吸血鬼《きゅうけつき》

2025年2月25日　第1刷　　定価はカバーに表示してあります。

著　者　赤川次郎《あかがわじろう》

発行者　樋口尚也

発行所　株式会社　集英社
東京都千代田区一ツ橋2-5-10　〒101-8050
電話　【編集部】03-3230-6095
【読者係】03-3230-6080
【販売部】03-3230-6393(書店専用)

印　刷　大日本印刷株式会社

製　本　大日本印刷株式会社

フォーマットデザイン　アリヤマデザインストア　　マークデザイン　居山浩二



ISBN978-4-08-744746-0 C0193